Kai Lüftner nació en 1975 en Berlín. Estudió Pedagogía Social y ha desarrollado diferentes trabajos, entre ellos el de asistente social, trabajador de la construcción como peón, repartidor de pizzas, portero de discoteca, escritor de textos de anuncios y canciones, autor de comedias, organizador de conciertos, compositor y músico, redactor de radio. Actualmente se gana la vida como corrector de guiones para la radio y director. Y como autor de libros infantiles y juveniles.

Katja Gehrmann nació en 1968, estudió en México y España e ilustración en la *Fachhochschule* de Hamburgo. Da clases de dibujo para niños y trabaja para distintas editoriales y revistas. Ha recibido numerosos premios por sus ilustraciones, entre ellos la Manzana de Oro de la Bienal de Bratislava.

Kai Lüftner

Katja Gehrmann

Para siempre

Lóguez

Las flores delante de nuestra casa son las de siempre. El semáforo
en el cruce es el de siempre. Y también el pequeño quiosco de
lotería al otro lado de la calle tiene el aspecto de siempre. Y, sin
embargo, el camino a la guardería es completamente distinto que
de costumbre.

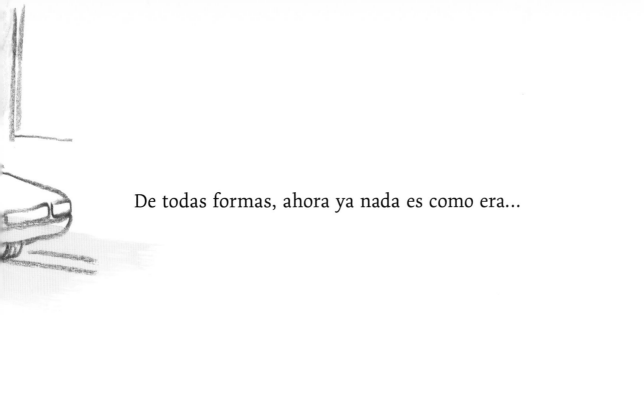

De todas formas, ahora ya nada es como era...

Me llamo Eugenio y soy un retrasado.
Pero no lo que vosotros quizá pensáis, porque quedarse retrasado
no tiene nada que ver con ser tonto.

Se quedan atrás aquellos que han perdido a alguien.
Para siempre.

No hay ninguna pastilla contra el "para siempre".

Ni siquiera las que saben amargas. De lo contrario, yo
las habría comprado. Para mamá y para mí. Pero no hay ninguna.
Creedme, he preguntado en todas partes.

Para siempre son dos palabras cortas. Pero también tan largas
que ni siquiera puede uno imaginárselas.
Más que una hora en el dentista, más que ordenar la habitación
durante dos horas.

Más largas que el infinito y aproximadamente tan largas como la
eternidad. Sólo que para siempre.

De pronto, las personas se comportan de manera rara.
Las hay que susurran, que ya no te hablan con normalidad,

que te miran de forma extraña y te acarician la cabeza y dicen cosas como: "¡Pobre niño!" o "¡Él era todavía tan joven!".

Y después están los graciosos.
Te gastan siempre bromas y quieren resultar divertidos
y hablan en voz alta. Algo que resulta penoso.

No me gusta ninguno de los dos. Ni los susurrantes ni los graciosos. Aunque en estos momentos no sé qué es lo que me gusta.

A veces me siento como si cayera en el vacío
y no terminara de caer nunca.

Y, naturalmente, está el ejército de los que no dicen nada.
Son muchos; en realidad, la mayoría.
También algunos que ni siquiera habrías imaginado.

Resulta difícil hablar de ello. Y, sin embargo, es tan fácil:
Papá ya no volverá nunca. Se ha ido. Para siempre.

Tenía algo malo en su pecho, que desde hace un par de
años le hacía daño. Y que terminó causándole la muerte.
Hace dos semanas. Es peor que entonces, en el último año,
cuando mi amigo Fernando se fue para siempre.
Mucho peor.
Nunca más volverá a ser como antes, ha dicho mamá.
Pero habrá que seguir adelante. Aunque sea difícil.
Papá está siempre conmigo. No sólo en mi foto preferida.
No solamente en mi corazón.

Yo mismo soy papá. Por lo menos, un pequeño trozo. Para siempre.

Título del original alemán: *Für immer*
Traducción de L. Rodríguez López
© 2013 Beltz & Gelberg
in der Verlagsgruppe Beltz. Weinheim Basel
© para España y el español: Lóguez Ediciones 2015
Printed in Spain
ISBN: 978-84-942733-4-6
Depósito legal: S.283-2015

www.loguezediciones.es